**martina sohn fischer**

é escritora, dramaturga e poeta. Formada em psicologia, parou de atuar para escrever e trabalhar em outra área. Teve três peças encenadas: *Aqui*, por Club Noir (SP); *Casa de inverno*, Artrupe (AM) e *Coração de baleia*, Ateliê 23 (AM). A peça *Aqui*, publicada pela editora 7Letras, obteve uma crítica na *Folha de S. Paulo* por Luiz Fernando Ramos. Escreveu contos para o site Caos Descrito, revista *Jandique* e *Mathilda Revista Literária*. *O que estive fazendo quando nada fiz* é seu primeiro livro de poemas. Segue escrevendo como lastro de si.

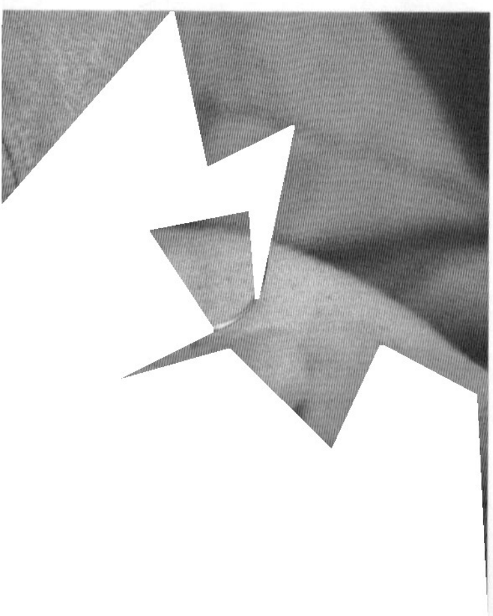

FOTO DA AUTORA: FERNANDA DA MOTTA

# O QUE ESTIVE FAZENDO QUANDO NADA FIZ

martina sohn fischer

**editora Urutau**
primeira edição
2023

editora Urutau

rua do cajú, 478,
jardim das cerejeiras
06724-015
cotia-sp (brasil)

rua manuel pacheco nobre, 128 - 5º esquerdo
2830-080
barreiro (setúbal)
portugal

[+351] 928053619 [portugal]
[+55] 11  9 4859 2 426 [brasil]

www.editoraurutau.com.br
contato@editoraurutau.com.br

[EDITORA]
debora ribeiro rendelli
[REVISÃO]
marcella sarubi
[PROJETO GRÁFICO]
wladimir vaz
[COORDENAÇÃO GRÁFICA]
tiago fabris rendelli
[DIAGRAMAÇÃO]
victor h. azevedo
[CAPA]
tiago fabris rendelli



**dados internacionais de catalogação na publicação (CIP) de acordo com ISBD**

Fischer, Martina Sohn
F529q O que estive fazendo quando nada fiz / Martina Sohn Fischer. - Cotia : Urutau, 2023. 108 p. ; 14cm x 19,5cm.

ISBN: 978-65-5900-530-7

1. Literatura brasileira. 2. Poesia. I. Título.

CDD 869.1
2023-1584 CDU 821.134.3(81)-1

Elaborado por Odilio Hilario Moreira Junior - CRB-8/9949

**sumário**

[103] o orifício da fala-escrita
[104] salvar o traço — o orifício da escritura
[105] um traço final:

"O que apenas sabia — pois já alcançara a mesma inteligência somente essencial de uma vaca — o que apenas sabia era uma lei simples. Que não devia brutalizar-lhes o ritmo próprio, e que lhes devia dar tempo, o tempo delas. Que era um tempo inteiramente escuro, e elas ruminavam feno com baba. Aos poucos também este se tornou o tempo do homem. Redondo, lento, incontável por um calendário, pois assim é que uma vaca atravessa um campo."

**Clarice Lispector**
em *A maçã no escuro*

## o que estive fazendo quando nada fiz

as mãos e suas marcas
os olhos e suas paisagens

paisagens passando
o exame em que você vê a casinha pequena-longe
um campo
um rio?
o outro exame em que várias lentes desejam seus olhos
elas estão para sempre procurando seus defeitos
a forma como olhamos o mundo
lentes habitam meus olhos
tenra idade
e eu achei tão estranho ver o mundo através de dois vidros
sempre
me apeguei
eles são meus olhos

eu os tiro para tomar banho
para dormir
acordo sem eles
na chuva não os tiro
ficam como janelas
de uma casa

a da infância
ou as janelas de um carro
os pingos dançando

uma vida borrada. paisagens distantes. pessoas que não conheço. letras que não reconheço. palavras que não se formam. eu. não. sei nada sem o óculos. meus olhos fazem força. meu oftalmologista morreu, ele quem disse pela primeira vez que meus olhos eram falhas, que não traduziam bem as paisagens.

e eu segurava um olho gigante de plástico, um modelo, as córneas, a íris, tudo desmontável.

que era o mundo então?

são meus olhos

palavras embaralhadas mas elas se embaralham antes de saírem pelos olhos.
óclucos
ocóculs

esse texto é algo anterior
desencadeando várias outras palavras e textos
um livro
com palavras erradas
através de dois vidros que traduzem um mundo para
dois olhos
os meus

amendoados

o nome do livro eu carrego há tanto tempo
sem saber

esse é o texto que o inaugura

o resto de uma vida
o eco de um momento
indecifrável
onde nada fiz
onde nada pude

## resto de violência I

algumas palavras onde antes
não havia nenhuma
um espaço editado dentro de mim

parece que foi ontem
a cena se repete no corpo
de novo e de novo

agora
algo novo

um buraco na memória
um salto
para o dia de hoje
sempre achei que não suportaria essa imensidão
essa praia repleta do que restou
da ressaca do mar
tão violenta
por isso
à morte

caminho entre os destroços
entre restos

entre o que se repetiu
camadas e camadas de algo
novo

o óculos novo nos olhos
uma história infantil
um arcabouço do que foi terror
sempre será terror
e agora consigo andar aqui
consigo olhar de novo e
uma nova paisagem
repleta do antigo
coisas nunca antes vistas
navego num choro
tão violento quanto sobreviver
uma grande flor de escamas
meu peito flor e peixe e praia
um mar
nas veias
nos cabelos
areia
um castelo
possível

conchas deitam em minhas mãos
eu posso estar aqui
ser aqui
o que se perdeu em mim
o que restou de mim

o que resta de um mar vil, revolto em mazelas
mãos
braços
olhos

o pássaro me olha de volta
me deixa suas penas
eu posso desejar a vida de outro lugar agora
e desejar a morte sem sucumbir
num fim
insabido
que se confia
e não se espera.

## resto de violência II

meus pés tocando os seus
minhas mãos se deitam nas suas

teu corpo responde ao meu
um novo olhar difícil de habitar
um ímpeto de
des
.
.
.
esperar e
num ínfimo segundo
te beijo
meus lábios tocando um outro
que ama
e suporta
e sustenta
deseja
sobrevive
almeja

meus olhos
os seus

nossa casa
gatos
cartas

eu quero você
e isso tudo é um resto de mim
e que bom que tudo o que resta
é o que persiste
o que sobreviveu
você tem um tanto no coração
daquela solidão que nunca antes compartilhei
você a tem
teus braços me alcançam
tua boca me diz,
de um amor
possível, todos os dias

o que restou da minha violência
da tua
da que carregamos
na pele
ossos
dentes
a minha agora diz
que o tempo está todo aqui
dos meus dedos até os seus
um mundo

nas janelas as plantas que zelamos
a gente sempre espera pelo sol
mas a chuva é bem-vinda

podemos sentar e conversar
e silenciar

tuas mãos me alcançam

você é o pássaro que me olha de volta
que me convida
que me deixa as penas
algumas
e uma outra janela acena
com a nova paisagem.

## devastidão

É uma parte. De tantas outras. Num deserto à deriva de nada. Um oceano seco, furado. Um entrelaçar de dedos sem mãos. Eu não sei como habitar meu próprio peito. Um pássaro pisando nos olhos de algo que morreu há pouco. Eu não sei se posso ser mais. Se o mar que vi me engoliu. Eu sou naufrágio de quê?

## minha memória da sua

não enterramos
o corpo a céu aberto
tivemos medo e
abandonamos

um triste fim do que
já era abandono

a gente se despede como cabe
no coração
nas mãos

sonho que olho pra tua cara
lavada
e egoísta
digo que não pude mais ficar
dentro do teu coração

arranco minhas coisas de você
o corpo que jaz é tão morte quanto a vida guarda
um amanhã já não mais possível

sempre tive medo
de ficar
mas a coragem foi a morte
de algo que não servia mais
como a roupa da infância
que pende no varal
as traças roendo
o sol desbotando
elas desaparecem
tempo insistente
que as come
porque elas pendem
sem desejo

meu coração tem outro lugar agora
tenho medo, de novo
mas dessa vez
a coragem cria um amanhã
e mais um
e outro ainda
e uma vida
talvez
repleta de manhãs e bilhetes
e dois olhos-pássaro
que vivem com amor
e eu posso amar
por hoje
amanhã ainda?

## uma palavra fincada

Adeus.

## “coração do outro é terra que ninguém pisa”

desde pequena
a hera no muro tomando tudo para si, a vista, a paisagem
uma família

ele levanta, com um canivete entre os dedos e caminha até a grande palmeira prostrada no jardim, não tão selvagem e não tão cheio de amor, risca em sulcos dois nomes no ventre da palmeira, que arde sem escolha nas chamas de um amor enterrado, exumado, assassinado e plantado ali, de novo e de novo.

eu estive ali

tanto quanto eles
eu estou ali

e por quê?

o outro homem me pergunta, todas as vezes, sem usar as mesmas palavras, encobertas por outras e outras ainda e mais uma vez: ele pergunta

sua voz flutuando na minha nuca, não vejo mais seu rosto, não sei mais de quem sai a voz e as palavras, são minhas são suas.

nesse entremeio de dois corpos,

meus dedos vacilam como o vento de verão,
que talvez traga mais chuva hoje ou amanhã.

## a escrita e o ato

a lacuna da escrita em mim
fez abismo

encaro ele de olhos fechados, ainda. o não escrever, nesse momento, é a escrita do corpo, é a palavra habitada pela boca, pra fora, pro outro, pra mim, é tantativa de contato. que escrevi "tantativa", porque me custa muito. Sair da palavra escrita e ir para —

queria me ver falando com você e queria me ver tomando banho, comendo, chorando e rindo. nunca me olhei no espelho com familiaridade, nunca estive em mim.

pra estar um pouco em ti, faço esse caminho, agora, tardiamente, olhando muito para trás, para meus pés e mãos. meus olhos inundam, cada vez que encaro algo que não conheço, de mim e de ti. porque o amor cresce, o medo retorna e o não saber preenche, porque é falta.

me vejo criança, chorando sem palavra alguma
procurando alguém

que me desse palavra
que me olhasse como espelho
que eu pudesse suportar
me olhar hoje
num retorno incessante
desse lugar sem palavra
que eu possa falar
e reverberar
todo esse lugar onde nada fui
onde nada sou

eu rezo bem baixinho, de dentro desse lugar
horrendo
onde ainda assim
sou eu.

## eu disse que nunca falaria disso

e sempre falo
com o corpo
porque escapa

## sobre o próprio desaparecimento

na boca dele as palavras soaram como uma realidade possível. repeti. meus olhos água e minha boca distanciaram esse real.

desaparecer.

desaparecer e causar um vazio
no meu corpo
e outro corpo ressurgir
surgir
desse vazio que
aparece
quando algo conhecido
se vai, pelos dedos e pelos olhos
tocar o que tange agora
o outro corpo que circunda
tem sido impossível
orbito ainda o caminho já feito ontem

é difícil habitar o próprio desaparecimento.

## unhas e dentes e carnes

Uma carniça no campo, os urubus esfomeiam-se
Eu olho de longe
Foi um boi que caiu morto
Eu vi quando caiu
Mastigo minhas unhas, elas prendem nos dentes
Os urubus pendurados, cada um em um pedaço de carne
Morta
Eu, viva, roendo minhas unhas, eu, viva, vendo o morto
O boi morto chama pássaros vivos
Esfomeados
Eu, esfomeada olhando toda a cena
Sinto ânsia
Minhas unhas no estômago causam nojo
Eu nada faço aqui
Só olho
Só meus olhos, dos urubus e do boi morto
Será que ficaram abertos?

## coração deserto

Todo dia uma ida ao deserto
Alguns corpos se movendo feito cobras estalando ao sol
Parece que nada desse lugar faz alguém feliz
E nem triste
Pessoas que não habitam seus corpos, não os que possuem.

Encontro alguns olhos jogados ao chão,
Famintos por uma conversa real
Eles não fecham mais, nem quando o sol a pino os cega
A lágrimas secas escorrem, feito areia
Eles são a porta pra sair desse lugar
Inóspito e
inventado

por cada um de nós.

## istmo de areia

Quando te-vi
longe e longo
você era todo azul
no perto dos olhos
gotas imensas que davam sede
desejando que fosse
o frio de um oceano todo
onde as ondas transformam
montanhas em pedra
conchas
virando toda a areia
pra segurar um mar inteiro
em cima de você
a escama pisca o sol poente
da palavra dita.

## não se abandone

Ele fala.

Meu ouvido escuta mergulhado numa água tão pesada que o ar não entra. No pulmão. O coração, raiz em todos os lados. Há que se desbravar a selva toda enraizada, cortando e deixando a seiva vazar. Outros lugares. E algo que bate, insistindo. Não é o coração. É um e está em todos. Na minha cara, um espelho tão profundo que me abandono. De novo. Espero meu próprio resgate. Me vejo ao mar, abandonada, renunciada. Por mim. Minha cara de longe forma uma palavra no invisível. Duas. Três. Construo nos lábios, a voz ainda desaparece. Aos poucos volto de um mergulho em desamparo. Devastidão na deriva.

Não se abandone

Eu falo.

## caranguejo-eremita

A carne segue as estradas que não mostram horizonte algum. Uma fronteira eterna nesse tempo que passa dentro do peito e só. Das raízes todas que espalham buracos, deixando lugar para o movimento de crescer e estruturar. Uma terra oca e deserta. Mas, olhando daqui, dos buracos, há um rio e tanta vida, é um dos olhos que nega e insiste no tempo outro, o que atiraram no peito e os tempos diferentes em guelra, respiram, um de fora e outro de dentro, criando outro universo no entre. O peito aberto agora, em contato, feito caranguejos de couraça ardente que se tocam grosseiramente

pra se amar.

## cão

um cão

o cão. abandonado em resgate. um feitiço de não lembrar, da impossibilidade de revisitar. uma casa inteira nas costas do cão, o nome que escapa. o nome da parte que falta. se não nomear não preenche e se preenche

acaba

um tecido costurando nas mãos outro e outro e outro. meu rosto flutua tenso, num mar-silêncio. o cão adoece, esperando. meu olho transborda nele. nada. é o nome da parte que falta. é o movimento

as ondas. minha cara muda de lugar, meus cabelos brancos
o abandono enraíza na palavra
aquela que falta
A morte do cão, em meus braços vivos.
A morte tem um som e o cão o fez, tão alto quanto pôde.
O uivo, eu uivando viva.
O cão morto fazendo terra, flor e árvore.

## forma a saudade

eu não sei qual seria o meu tamanho perto do seu
nosso tamanho de hoje
às vezes acho minha mão muito igual a tua
quase sempre a palavra sai igual também
letras trocadas
tento te encarnar um pouco nos gestos também
e nesses anos todos, tua presença escapa um pouco
pelo canto dos olhos
e a saudade tem tua forma, todos os dias.

## maré mágoa

um deserto todo crescendo dentro
e o olho do outro nada mira
não mais que o próprio coração

a morte é feito prisma
que cada um habita do jeito que pode

tudo o que machuca aqui
faz sangrar longe também
eu sei

o amor de gente
é ainda
tão pequeno.

## coração-baleia-árvore

dentro de um mar

tudo parece amanhecer dos pés pros olhos. e os passos na chuva, balançando na minha frente, encheram meus olhos d'água que veio do mar, em uma onda pequena, deixando a ilha para trás. o que é que de mim se anuncia nessa manhã? acordei de um sonho no qual meu coração tava no chão e eu era do tamanho dele. se ele era gigante ou eu que era pequena, eu não sei. tinha uma árvore crescendo nele, as raízes flutuavam e as folhas abriam seus olhos pra me acolher na tempestade

que se anunciava no meu fim.

## coração cravado

Entre a escada e a janela

Um universo inteiro

Podemos ser a morte da estrela. A que nunca vimos. Andando como satélites, procurando um sinal para seguir em frente. Algo. Alguém que nos tire desse encontro primeiro. E eu quis beijar você. Só para ver se nossos rostos iriam se transformar e só para sentir tua mão pesando meu corpo. Tenho quase certeza que teu mundo orbita algo bem distante de mim. Por isso te ver tem sido uma jornada.

Que nem o tempo mede.

E meus olhos cravam nos teus, que vacilam. Não falta o desejo. A coragem que em mim vaza e envenena um oceano inteiro. Vou brotar feito luz, nos teus dedos. Amanhã, talvez.

## os mariscos não pedem ajuda

uma espuma entre os dedos, talvez um pouco
nos olhos
uma boca cheia de luz e
mãos que nascem velhas.

esse é um corpo andando. beirando o mar. uma busca pequena. os pés cortados pelos mariscos costeiros, eles têm tanta paciência. os cortes salgando nas ondas, o sangue nos tubarões. o mar nos engole e eu sei nadar. a areia volta nos pés, gosto de ser um buraco, tocando as conchas. uma lembrança apagando nas mãos, era um nome escrito em outra língua e o mar sabe pronunciar, entre uma onda e outra, uma canção chama. os mariscos se abrem pra receber o sol, nas pedras, meu ouvido mergulhado, ouvindo tudo e tudo dentro de mim. e teu nome. apagado das mãos. é a saudade mais estranha que já senti.

é o grande naufrágio. ainda há fogo correndo pela água e nossos destroços ainda flutuam aqui e ali, os vejo, acenam sem pedir ajuda. como os mariscos na maré baixa.

## aterrar

andar descalça no chão do teu quarto
no raio do sol que vem da janela
a cabeça caída nas costas
meu corpo esquenta
em volta do teu corpo
eu construo uma fortaleza
pra nós. enfim, juntos.
algo que ainda não sabemos
como
cozinhamos como se
o mundo fosse acabar
e sentimos
tanta
fome

minha fome pra cima de você.
teu corpo dormindo. eu dormindo no teu peito
esquerdo
batendo batendo batendo
dentro dos meus cabelos, sinto teu sangue
você fica lindo assim, teus olhos
crescendo no rosto todo, no meu
e eu beijo tua pálpebra sem parar

porque nossos olhos miram todo o medo
de nos perdermos
mas também
de enfim
nos encontrarmos.

## O pássaro Horizonte

eu conheço um pássaro, de olhos gigantes. tenho a impressão que seus olhos abarcam muito mais que o horizonte, são como navios que chegam ao fim da terra. é alto e com asas longas, veias que saltam das penas alvas e pintadas, um bico colossal, um monumento esculpido. uma paisagem que chama qualquer ser humano a falar e beijar e ser através daquilo tudo, os olhos, o bico, as asas. ele é silencioso e o silêncio de um pássaro incomoda um mundo todo, ele habita a existência de forma que só é, e só sendo existe mais do que todos os outros pássaros e os humanos sentem inveja dos seus voos e passinhos fincados na vida como uma árvore ao vento e na chuva e as flores caindo, o fruto chegando, o inverno destruindo e tudo voltando à vida. uma tempestade e depois, no outro dia, o sol que escalda, depois ainda, o frio que ressoa forte mas cálido nos ouvidos, o bico gelado fincando a terra árida. a fome. ele aceita, aceita tudo isso, sem pensar, sem se doer. existe.

outro dia, fiquei junto dele, um dia todo, horas a fio, bem juntinho, tentando entrar nos olhos gigantes, apontar como um navio em seu horizonte. ele andava de um lado pro outro e minha presença nervosa, faminta e renunciada tornou tudo profundo demais. era um oceano recebendo um pássaro que nunca havia mergulhado. fiquei machucada um tempo e depois ele sentiu dores em lugares que não existiam no corpo, antes de nos tocarmos, tem sempre uma espera. pequena, íntima, quase uma música infinita, nessa espera eu sou um corpo encontrando outro e ele atravessa essa ponte num voo rasante, pousando com violência no meu peito aberto, sangramos, os dois.

## escrito sobre o túmulo — o epitáfio

A carne que habitei, aqui jaz
A vida
um caminho sem retorno

e o tempo, que sabe sempre mais
acolhida pela terra, uma semente gigante
transbordando em uma morte simples
à morte final, pois em tantas outras
renasci

algo escapa da carne
a consciência
o não saber
o prazer de completar em si, a missão
a odisseia

quis assim, uma morte pequena
e me vejo pequena na grande terra
que me cobre
última

olho pros lados, agradecendo
a melhor morte é essa

de agora em diante sou
nada

minha pele ainda feita em meus cabelos
há algo do vento
do mar
e das árvores

da minha boca ainda algumas palavras
não ditas ou ditas em demasia
nos olhos o amor não declarado
e o amor sempre tão vivido
por esse tempo aqui

e em meu coração silenciado
ceifado
todos que me habitaram
que não morrem
nunca

no meu coração aniquilado
o sopro
o toque
da legião e da solidão
que cada um me fez

na carne da pele, na extensão do órgão
os dedos percorridos, as mãos entrelaçadas
do aperto último

interrompido
porque a morte irrompe

agora temos em nossos olhos
o compromisso
de viver e viver
mais
do que podemos suportar

porque morrer é o que nos cabe
é o que se sabe de tudo sobre todos
é hoje e é amanhã

cabe a vida, o mistério
e na morte
a certeza

Um dia estive
andando e
da terra algo me disse que
hoje
você morre
pra existir

Foi a flor
que da árvore se despediu
para ser algo fora
acolhida pela terra
que a comeu

e entre a queda e a terra
a vida.

## passarinha I

com todas as letras, eu me sentia apropriada do apelido. era um carinho. um afago falado. eu andava pequena, afundando na terra, aproveitando toda a minúscula selva. a aventura era tamanha que o céu nem me ocorria, era uma aventura longe ainda. uma jornada para outra parte da vida. porque ali, o sol, a chuva leve, a grama e seus insetos, me construíam cada vez mais pássara e menos passarinha.

## grafolhar

comprometer-se em si mesmo com o outro
um olho fechado e o outro aberto pra dentro

em pé de novo, no meio do meu jardim, o infantil
colhendo caracóis e minhocas, potes com folhas,
alimentos pequenos e a gentileza com que morrem

o fim vem pra elucidar,
emancipar e oferecer

um novo lugar.

## voyage-voyeur

no entre do meu olho e do teu
o não dito atravessa o peito
e a presença se faz no corpo
enlace

do enigma.

## um corpo que nada —

o peito marcado:
— o que você fez aí?
— é pra ouvir meu coração.

três braçadas pra respirar uma vez. o silêncio e meu pulmão crescendo. os ossos doendo, felizes por se reconhecerem cada vez mais através dos músculos. eu queria tanto estar aqui e

agora meu corpo respira aliviado, por pertencer a si mesmo.

meu rosto feito água. assim foi no sonho e quando acordei pude lembrar da concretude da carne e dos meus olhos abertos.

## passarinha II

num saber pronto de existência, afundando o bico na terra. folhas e a chuva fraca batendo nas penas. patinhas rápidas e cabeça altiva, fome. catando um lar no chão, subindo com força os galhos entre o bico pequeno. um lar úmido secando ao sol. uma ignorância primeira, o imenso prazer de ser e morrer. bem aqui. e meus pés pesando na grama a afastam. uma montanha se movendo para dentro do dia.

## desesperar o vento

e então eu espero.
a lama nos sapatos secando, até umedecer de novo, com as ondas
e o sal seco, misturando junto da areia
dentro da casa.
os sapatos jazem longe dos pés. os pés que esperam
e a espera faz dos corpos enlaces de esperança
esperança que nasce pra si mesmo, esperando as frutas
amadurecerem
e a água doce envolvendo os lábios, num futuro longe
agora parece angústia
que içamos como velas
mas não há vento aqui
não ainda

esperamos, sentados com as velas prontas
e nesse silêncio todo
a espera nos veste sábios
pra olhar pro abismo
e amar

ser temporal
feito da vida e então
da morte

não temos escolha
e a espera enche meu pulmão
depois o teu

e o vento toca teus braços
sutil
nos meus cabelos avisa
que enfim
se faz
presente.

## ostrar

eu queria saber do tempo como as ostras sabem
queria sentir o amanhã sereno no tempestuoso hoje
e por todo esse querer
me demoro nas feridas
e o tempo se alonga teimoso
como uma neblina cercando meu corpo

e a paciência pintada em um quadro
a chuva molhando a tinta
transformando as paisagens todas
no indecifrável fracasso da pressa.

## os braços de vênus

Enterrados no mar, vivendo uma vida separada do corpo de origem,
habitados por tantas outras
vidas
já sendo outra
com o esforço das ondas e marés, das tempestades
eis que ressurge na superfície, num respirar novo e doloroso
os sons, o céu, a luz
pássaros

o novo
é
devastador.

um novo habitar de si
mãos que não se reconhecem
é o espelho
que traz outro alguém
olhar cada pedaço, tocar-se
é assustador quando nada mais está ali
ninguém
e o mar chama
uma ilha em nossos pés

eu queria meu corpo inteiro agora
é a nova jornada
ser inteira de novo
habitar a falta como um pedaço de si

começar pelas ruínas.

## palavra atravessa a minha

sombra e no quarto tudo aceso
não há espaço pra me ver no espelho
meu corpo crescendo e eu de olhos
apagados
— acho que é o cansaço.
minhas pernas deitam na cama, mas meu tronco continua em
pé,                          olhando
o espelho entorta procurando o teu corpo
ao lado do meu
— eu tô sozinha. e minha mão já não alcança
palavra
nenhuma

insistimos por não brigar mais. porque há o contorno de algum
carinho. um resto. no canto do quarto que me acena, me envolve
pelos braços e eu lembro
de como era te olhar nos olhos
teu sorriso que escorria deles
minha mão sempre foi leve na direção do teu rosto

do que me separo de mim quando de você
sou longe?

palavra que sangra no colo
denunciando que ainda
não habitamos o fim.

## nós de corda e nós de carne

há uma luz que se forma nesse caminho
dos teus dedos até os meus
quadris
minhas costas
e a luz do sol assim
faz teus olhos apequenarem
e teus braços me envolvem em tom de
reticências
porque é tudo o que sabemos
até agora
é nada

eu queria saber de mim. entrar e me olhar bem no espelho
só pra ver se consigo ver no contorno da minha boca
a tua
e na minha buceta
algo que me entregue de corpo
e palavra
em nós

## navegar é

nascer um no outro
o relógio denuncia as mortes que vivemos
a tempestade vem nos libertar de algo
permanecemos, então, como pedras teimosas pro oceano engolir
viramos conchas

navegar ao teu lado parece preciso.

## ilhas

estrangeiros

do meu corpo pro teu
a espera

que o teu carrega

na tua cicatriz
eu vejo
todo o enigma

e anseio
com a calma das marés
que nos cercam
escondendo terra
pra depois surgir ilha

a distância revela
a beleza do encontro

## o entre das ilhas

na tua falta
encontrei um lugar
pra fazer de abrigo
algo que escapa dos olhos
dos meus

dedos
longos na direção
da nuca
um meio pra fazer
caminho

até chegar na boca
não há palavra
que segure nosso medo

um porto inteiro esperando

nossos fantasmas nos seguram nas ilhas
eu vejo com a água nos pés
que algo acena da terra longa
distante

algo nos chama

a fogueira está acesa e vamos deixar
apagar

pra que consuma todo o desejo
escoando no ar escasso
do novo.

## chove em carne viva

eu tô no jardim da minha casa. aquela que não existe mais
e eu consigo ver tudo, tudo de agora
minhas mãos não seguram nada
meu corpo não suporta

e eu queria voltar
pra entender toda a cena que nos cerca
eu não tenho mais nada
sobre mim
sobre você

eu tenho dois vazios nos dedos
e meu coração jorrando
a pele em carne viva
que qualquer chuva
machuca
tanto quanto

o adeus silencioso.

## superfície terrestre

desenhando um mapa na minha pele
meu corpo e tua mão
oceano-terra

## você

através do reflexo do quadro
de uma foto
pendurada no museu
teu corpo num movimento lento
tão bonito
na direção contrária, ficando azul
e eu não consegui segurar minha pele
quando tua presença se instalou através de mim
um beijo e mãos
tocando a carne
porque você sabe bem
como fazer isso

o toque

que não queremos acreditar

ainda

são como as folhas sepultadas no fim do outono.

## um rosto que era boca,

e os olhos fechando na minha direção. um respirar quase patológico. um corpo esguio nos recônditos de roupas largas e antigas. não velhas e nem sujas. roupas de outros que a vestem agora, ali, no ônibus. lábio superior pressionando o inferior. uma boca desenhada em um rosto translúcido. dedos esguios segurando um guarda-chuva. uma guerreira exausta, sentada bem na minha frente. eu tento cuidar com meus olhos agressivos, mas a insistência é tão grande que ela se deixa assistir. ela sabe de toda a paisagem que é. a palavra escorre do rosto inteiro, ela fala de olhos fechados. uma comunicação invisível e todos aqui sentem. ela provoca ondas nos corpos que a cercam. ela sabe que é a cena toda mas revira os olhos por trás das pálpebras, eu vejo o movimento na pele fina. ela está exausta de tudo isso, uma melancolia exala de seus poros, quase como música. a mais triste que já ouvi. eu fui embora sem saber como andar para fora dali. sem saber como não pertencer mais na cena dela. eu queria tocar o rosto-boca. eu queria habitar aquela tristeza no peito dela. a música cessou com a distância do corpo.

o rosto pairando como neblina em meus olhos.

## nau inominável de nós

eu sinto falta do teu olho no meu

e das minhas mãos alcançando as tuas

um espaço gigante

da sala até o quarto. e a nau que jaz, naufragada, em pedaços
minha respiração denuncia algo indizível da tua distância
e quando fecho os olhos, teu rosto é breu
é uma procura morta que encaro todos os dias
tentar me encontrar na nossa ausência é o movimento mais
violento
são ventos percorrendo o mar em tempestade

tempestuosas mãos,

desde o dia em que falamos sobre o fim. rochas e ondas que não cessam a violência contra o nosso rosto baixo e pequeno. com vergonha de encher a boca pra dizer e se ouvir

que não há mais nada aqui

sobre nós
uma ruína de amor
um abraço no vazio do teu corpo

e eu queria ter a coragem
a coragem dos deuses
que nos colocaram aqui

forjados por nós mesmos
e agora tudo parece mais forte que eu

eu desarmada
habitando todo esse
silêncio

na imensidão de não ser mais
nada

## peito em pássaro

eu queria ter um corpo cheio de espaços
as lacunas vindas de longe
de tempos inauditos
montanhas

a maré que me toca hoje
já vem com a ressaca das naus
que naufragaram em ti
com todos os corais já plantados
nas mãos

e o peito em pássaro
esperando a terra
surgir num horizonte
que só teus olhos podem ver

meus olhos já são outros desde que te vi

## coração fruto

Nasci com o coração já grande, a cavidade sem espaço. Um dia, anos depois, queriam trocar meu coração gigante. Morria sufocado em minhas artérias, fazendo toda uma árvore e um pássaro pulsarem em mim. Um fruto gigante, esse era meu coração. Eu nunca quis aceitar nada menos que isso. Assumi a responsabilidade de nascer do avesso. Todo um mundo gritando com medo da minha carne exposta. Dava pra ver nas costelas, por cima da roupa.

O coração despencou da árvore,                    maduro.
Teus lábios preencheram os espaços, alcançando a semente.
Obrigado por me proteger da queda violenta, da morte sem
retorno em palavra.

O silêncio que ressoa daqui de baixo me deixa faminto.

## à luz de si

O momento que a luz atravessa
O corpo
E a carne brilha viva,
o sangue todo com a consciência de um              rio-mar
Como uma estrela,
Me deito, sentindo o peito flutuar denso.
É o peso da carne e de todos os membros,

O peso de um corpo vivo

Mas dizem
Que pesa menos que um morto.

## o clube do livro

Iniciamos um clube do livro, tem alguns anos isso. Um clube bem ausente. Mas que sempre foi verdade.

pra mim

e

pra você.

Eu te paguei uma cerveja e fizemos nosso pacto ali.

à literatura

à escrita.

um clube forjado com a verdade

nossa

o clube do livro que abre caminhos. uma estrada de ferro. tiramos o mato às vezes, em outras é tudo floresta e acampamos bem no meio dela, na chuva, aos ventos, gritando um com o outro. eu gosto quando o trem passa, quando tudo estremece e não sabemos mais quem somos, embarcamos numa viagem em círculos, pra ressignificar tudo de novo. e de novo falamos sobre as mesmas coisas, mas é tudo novo, sempre. eu queria sentar ao teu lado, eu com a minha cerveja e você com a tua. pra falar do que tô lendo agora e esperar você falar do que tá lendo agora. seria simples. seria bonito. gigante. nosso clube é simples, não pedimos nada demais. e escrevemos. eu escrevo e você tem um hiato nos dedos. mas sempre escreve também. tem vezes que não nos encontramos em lugar nenhum e respeitamos isso. distantes. e tem o limbo. mas o limbo é um segredo que queremos esconder de nós mesmos. porque seria perfeito demais se ele existisse, se tudo fosse real. então mentimos. fugimos. limpamos os trilhos, aqui e ali. viajamos. e a sobrevivência segue, na minha vida separada da tua. longe que somos em carne.

## sobrevivência

o dia depois do pior
a permanência.
depois do trapo, do pó, da terra que cobre.
é a primavera,
que vem insondável pra avisar da vida,
    que ainda brota.

## a morte emoldurada das borboletas

era poesia, postas no vidro, penduradas no alto, longe das mãos infantes
das minhas
meu sonho
na minha parede

hoje
são só a morte
as delas mesmas e a tua

eu sempre volto a escrever sobre você quando me deparo com o fim
de algo
de novo
algo que morre

nada nunca me trouxe você de volta. as lembranças morrem, aos poucos, junto pedaços e invento outros. o café. as cartas. as conversas. algo de mentira nisso tudo. a tua morte poderia ser uma mentira e você poderia voltar amanhã. viva, abrindo a porta pra mim. sorrindo. o cigarro entre dedos, a fumaça fazendo dança. e o abraço seria a melhor parte, teu cheiro, tua voz, você seria quase do meu tamanho agora. eu era menor antes. de corpo. me sinto muito menor de espírito agora. eu era gigante, lembra? eu enchia uma sala inteira, uma casa toda com a minha força.

hoje me sinto poeira, voando. que só vê a si mesma na luz do sol quando fica cega e a única coisa a se fazer é olhar para si. hoje eu sou poeira. estamos parecidas, você e eu. você é pó. puro e morto. eu queria acompanhar a tua vida toda, a que você teve antes de me conhecer. eu queria ter conhecido cada pedacinho teu. pra te construir de novo agora. você voltaria inteira. pra viver ao meu lado, embaixo das árvores, aguando as plantas do nosso jardim. e a única morte que iríamos viver
seria a das flores.

## um lar para mentir

Eu queria saber
a tua verdade
em mentiras
o quarto guardado
da casa

você pequeno
querendo ser

grande

um gigante no jardim
a árvore
que perturba o chão da casa
com suas raízes
uma intrusa

te vejo da janela
do quarto azul
teu espelho sem imagem

você não acredita mais

aquele vazio te tomou por verdade
fez lar nos teus olhos
e é tão imenso que

tuas mãos perpetuam
um fim.

## vestir o urso

um rio. e eu sei nadar. tenho certeza disso. é um rio todo me engolindo. minha risada se enche de água, porque estávamos brincando na beira, com as folhas que o vento deixou. eu nunca quis ser maior que você. eu nunca quis usar sua pele, como a do urso que caçamos no escuro, ele morreu olhando pra mim, o corpo quente, o vapor que saiu da bocarra. tocou meu rosto. a morte. usamos a pele dele agora e o rio cresce pra cima de nós. o inverno se alastra. é hora de dormir e você quer conversar. e eu não sei mais brincar porque eu sangro. sinto dores muito reais agora. não mais aquele sangue de quando eu caía entre as raízes e você lambia meu joelho pra fazer tudo passar. você colocava sal, porque dizia que as feridas tinham que durar, para cicatrizar devagar, para que fosse suportável, para que nos ensinasse. eu aprendi a não cair mais nas raízes. mas agora eu tenho uma ferida que não cicatriza e sangra e nossas dores não são mais as mesmas. a gente se sente bem mais segura dentro do urso. o inverno não nos alcança e podemos brincar mais um pouco, o sangue me escapa e você pode entender que brinco pela última vez.

## estrangeiro do corpo

minha imagem no espelho está pintada. tinta a óleo, ainda está secando. meus olhos piscam devagar. minhas mãos não seguem o mesmo contorno. é muito estranho quando as coisas se acomodam no corpo. quando os olhos de outro soam agressivos, porque não são conhecidos. as mesmas cenas com corpos diferentes. meu corpo também não é o mesmo, não aquele que eu mostrava para você e para mim. agora reservo um novo corpo para o desconhecido. um novo toque, uma nova pele.

o relógio do meu pulso está errado e meu coração não sabe que tempo seguir.

sempre quis que nosso tempo fosse sagrado. agora tenho um tempo novo e ele tem se organizado além de mim. me sinto fora.

fora de tuas mãos.

o gosto na minha boca é novo

Começo a me desenhar com giz de cera no chão, um contorno. Minha infância está toda aqui, no contorno da minha pele, no que tange o corpo, os olhos.

Você me olha e eu não sei dizer. Teu olhar é estrangeiro, não sei nada sobre teu corpo.

Nesse encontro não pertenço.

E a chuva não vem
Só posso dizer sobre ontem
O hoje me escapa
Flutuo em volta de mim
Sem contorno de nada
Os móveis flutuam
A nossa casa

eu queria um terreno firme para pisar
plantar minhas flores
abandonei minha dália no teu quintal
e ela insiste em morrer

sempre.

## tortidão

eu amo torto e me sinto flor. me sinto raiz e mar. uma redoma quebrada. me sinto areia peneirando a água salgada. me sinto céu, chuva quente e fresca. me sinto um peixe, preso dentro de uma baleia. uma baleia. um coração. gigante. um pássaro. uma árvore, com frutas, que se despedem dos galhos, tortos, aliviados quando as frutas caem no chão.

me sinto um
ser
feito de nada
de carne
que falha, dia após dia
na tarefa
incansável

de amar

o outro.

## plantar o pássaro

Meu corpo azul. Afunda em ondas de outros corpos, que não meus. Sentada aqui, eu me sinto pequena e minhas pernas não cruzam, talvez minha calcinha apareça, se eu sentar assim, bem na sua frente. Eu sempre quis falar sem vergonha, sem calar, sem os hiatos da carne, sem teus dedos segurando meus lábios. Eu sempre quis falar. A verdade. Eu queria era engolir teu pau inteiro pra dentro de mim, cuspir toda a porra na nossa cara, naquele espelho que nos habita. O quarto inteiro em cima de você. Eu inteira em cima de você, feito mar que cobre a areia. Até parece bonito, teu sexo assim, no meu. Eu queria mesmo acender todas as luzes da casa e foder com todas as janelas abertas, o vento na pele, como aquelas frutas balançando. No balanço do jardim feito pássaro preso. Acho que eu plantei o anel que você me deu embaixo da janela da cozinha, eu queria ver se nasce uma cara igual a minha, cheia de terra, meus dedos cheios de terra. Plantei um pássaro inteiro, bem na tua cara.

## mais uma volta ao redor de si

É o dia que penso sobre morrer
no dia que nasci
parece sempre morte
ao avesso

penso em quando eu não existia
e no quanto eu existo agora
se existo pouco ou se existo muito

tem dias que sou neblina

sempre amei o dia em que eu nasci
pra poder pensar na minha não existência,
aquela de antes
onde ninguém me conhecia

onde o espelho era vazio
e o coração não batia.

## da matéria do amor

O corpo.

## apropriação do abandono

uma paisagem muito bem-posta, o tempo sobre ela, algumas cascas.

as casas deitando sobre o chão, adoecidas por estarem lá tempo demais. o café estava bem vivo quando derrubei sobre a jaqueta, que, deitada em meu colo, sugou para si o líquido quente, depois morno e morto. a andar por aí cheirando café, nas tuas palavras repetidas, uma ajuda. eu estaria sendo mesquinha demais se te aceitasse ali, naquela paisagem. estamos vivos demais para estar aqui, mas se a vida só se deita aqui porque o fundo todo é quase morto. quem sabe, em uma paisagem viva, nós seríamos os mortos. não sei aceitar essa sobreposição de vida-morte. minhas mãos no teu rosto, é a vida na direção da morte. eu te amo porque sei tão pouco, você sabe também pouco, aquele pouco feito em grão de areia, perdido nas marés. é assim que sustentamos, por saber pouco, algo permanece. é como a paisagem que sabe pouco de si e fica, fica até outra tomá-la para si e ser agora quase viva, quase morta. os pés se sustentam por saber pouco do chão, da terra, das pedras. é o abandono na hora de partir, partimos por saber demais, por já ser o que desconhecíamos. por já ser e saber ser inteiro. mesmo que na ilusão. a paisagem fica quando algo abandona. meu coração é paisagem de mim e de você. aquela passageira, que retorna aos olhos. meu coração sabe da apropriação que fizemos, eu e você, de nós. te acho tão bonito quando te vejo, em qualquer luz, sob qualquer paisagem. gosto de te ver na chuva, no chuveiro, eu gosto do seu rosto com o fundo abandonado da tua infância. eu gosto do teu cheiro estrangeiro.

## a ponte sobre a carne

me aponte seus olhos
onde ficam e o que miram

a ponte que passa de mim para você
construo obsessivamente
te procurando nos meus vazios
nos buracos que me foram feitos
antes
antes de você
antes das palavras

assumo a responsabilidade de parecer
idiota demais
é que o prazer também é ponte
e me aponta a carne
sempre
a que me cheira mais forte
que me olha do avesso

O prazer é o instante
pautado na falta
na promessa de completude

é, ele vaza dos seus lábios sempre
mas é teu pau que fala mais alto
inclusive pra mim

me aponte
O teu desejo
pra onde escorre
O que se faz dele

O que é que você encara nas águas
turvas
dos seus olhos?

## cavar o corpo

Eu me lembro bem
Do teu olho-terra secando
Meu olho-mar invadindo
Uma terra salgada por fim
Mãos nos cavando
Tirando pedras
Minhocas mortas
Tirando e tirando
Até que nada
Nadando num mar cru
Eles olham de volta
Orgulhosos
Perenes
Sinto tanto
Sinto raiva
Sou raiva salgada
Não há eco aqui
O que vai, vai
Não há retorno
Só o buraco.

## bem-te-vi

foi como um pássaro
um voo breve e singelo
você
na minha frente

eu precisava do atraso, do tempo correndo
da pressa
pra saber usar a pausa, o momento de mirar         seus dois
                                                                  olhos
singelos
violentos

você lembra?

acho que nós brigamos muito aquele dia
através de olhos
umas palavras cortadas
e você me odiou
eu te desejei
tanto

que
esqueci

e no outro dia, quando te vi
de novo
desejei
e seus olhos me procuraram
no vazio da porta, te vi
você é um pássaro preso ao chão
através dos braços
suas asas são as bocas
das palavras que te transportam daqui
eu sei
que teu pau é rigor
rigor das palavras e sexo
sexo que existe também
pela escuta

eu já imaginei tanta coisa pra nós
que deixamos de existir ali
que tudo se tornou impossível
quando fechei a porta esperando te ver do outro lado

escrevo pra te achar
me procure
talvez no varal
aquele
que não te deixa circular pela casa

que não te deixa ver

mas agora

você me vê?

## acúmulo de abismos

de tempo em tempo
com a boca cheia
descarrego no outro o que de mim temo
a necessidade já me fez melhor
agora o tempo me descasca
e o riso elaborado de antes
o riso com tempo e dentes
se forma em cascata
água

Sempre te achei bonito
          de cima do poste, da casa de barro
teu canto sempre me embalou
naquele dia me agrediu
teu canto agressivo

não se usa mais o tempo
porque não o temos
tememos
fracos e sem compasso
          compassados no tempo do dinheiro
do aluguel
do cartão

sempre te vi azul
azul me espelhando
nunca achei ofensivo aquele cigarro na boca
sempre achei que era afeto
você lembra daquele tempo?

não gosto da minha casa
                    não consigo confiar nos cômodos
na pintura e no reboco
a estrutura tem rachaduras
não gosto daqui, é inseguro
é frio
e estou doente
sempre fumo lá fora
lá eu me vejo,
o portão aberto
e você.

## d'entes

Tenho sonhado com dentes

Dentes da infância, dentes velhos, pequenos, grandes, moles e duros. Meus dentes, dentro de outras pessoas. Um dente, todos os dentes.

Sonhei que tinham arrancado todos os meus dentes, minha boca, flácida e confusa, não sabia mais segurar as palavras, elas saiam depressa, vacilantes. Dentes que se jogavam pra fora da minha boca. Um dia, sonhei que tinha um dente de leite que estava mole, quase caindo, tive medo da infância e pensei como é aterrorizante perder os dentes. Dentes que mastigam, que matam a fome, que mordem, que violentam, que fazem carinho. Dente nas mãos, sangue, um buraco. Tudo isso. A ausência do dente, um dente que cresce, a espera, a dor, a falta.

Existe também um espaço entre cada dente, dentes apertados, dentes escondidos, dentes sujos, que apodrecem. a boca. o instrumento da fala. os dentes, que atravessam. cerrados, abertos, escancarados. e tem o riso. que abandona. o riso que corta todo o sentido.

O choro não passa pelos dentes.

## Estamira

Estamira como o mar
Em sua cadência revolta
Luta por sempre voltar
Em suas ondas, a verdade
Escancara na areia
pós ressaca
Faz viver o lixo
  a desonra
Faz viver o mais humano em nós
  nela
  permanece
O lampejo
    da verdade

## coração crispado

Daqui debaixo
Toda areia, que mar já foi
Voltará à forma de pedra
E pedras cortarão nossas cabeças
Rolando de cima
De onde eles
E só eles, veem o mar
Todo crispado de ondas
Onde hão de navegar
Com todas as cristas em riste
Bem alto a gracejar
Das cabeças cortadas
De olhos bem fechados,
contra os que nunca viram
seu próprio coração roubado.

## vitória-régia

Tenho no peito
peito de mulher grande
uma flor enraizada, por baixo da pele
no que há de mais fundo em mim

Hoje, entre a luz do sol e um espelho, pude ver
respira comigo
florescendo

não tenho coragem de arrancar do peito
é mais viva que eu
posso ver agora, vivo através dela

temo o dia
em que ela irá se arrancar de mim.

## o vão que vê

Em sua abertura, o vento.
Posso enfiar minha mão inteira
Mentir cimento que cobre
Mentir uma tábua que apaga
Ele segue fazendo um som
Som que se vê e nada vê
É invisível mas existe
Ele ri, sem dentes, sem boca
É passagem.

## o orifício da fala-escrita

Um silêncio gozador
e a cada palavra um soluço
os pés fincados na terra,
algo fala
algo escreve
silêncio-boca
eu não escuto mais nada
a boca-grotesca se move
silenciosa
saliva jorrando

penso em trepar
penso em gozar
penso em falar a escrita

a boca se movendo
montanha
a boca não escreve.

## Salvar o traço — o orifício da escritura

Faço longa

A palavra

Me toma como uma afluente sem avisos. Me retoma, me mastiga, abre fenda e ferida. Meus dedos e olhos ardem, mal consigo ver o que escrevo, vem jorrando, vem onda, vem ardendo carne-exposta-viva. Eu não sei como isso se escreve. Aqui está o testemunho de mãos e olhos e boca e dedos, dentes, ouvidos que se escrevem, mas eu não escrevo. Eu leio depois. Reescrevo. Edito. Amputo, implanto, cozinho, amadureço feito fruta. Os pássaros em volta salivando. A fruta pende, eu colho. E escritura da escrita é isso. Uma fruta e um coração.

**Um traço final:**

Este livro é um fantasma
Que veio me assombrar.
Ainda bem. Precisei escrevê-lo.

*

*　　*

■ primeira edição
■ junho de 2023